MORALITÉS HISTORIQUES

ET

ALLÉGORIQUES,

EN VERS.

Dessiné et gravé par C. E. Gaucher, d'après le buste modelé par C. L. Corbet.

MORALITÉS HISTORIQUES

ET

ALLÉGORIQUES,

EN VERS,

SUR LES ÉVÉNEMENS LES PLUS INTÉRESSANS
POUR LA NATION FRANÇAISE.

PAR BILLARDON-SAUVIGNY,
Membre du Portique Républicain.

.... Illustres gens de goût,
Aimez-vous la morale ? on en a mis partout.

Prix 75 centimes.

A PARIS,

De l'Imprimerie de PRAULT, rue Taranne, N.º 749,
à l'Immortalité.

AN VIII DE LA RÉPUBLIQUE.

AVERTISSEMENT.

Ramener les hommes aux principes éternels de la saine raison, leur inspirer l'amour des vertus libérales et sociales, tels sont les devoirs que s'imposent les membres du Portique Républicain. Il n'en falloit pas davantage pour que leur société fût calomniée : redoubler de zèle et livrer à l'impression les ouvrages qui y sont lus, voilà la seule réponse digne d'elle.

Quelques membres ont déja fait imprimer leurs productions ; je vais suivre leur exemple et recueillir ici les petites pièces que j'ai lues dans les séances qui ont eu lieu le 1.ᵉʳ et le 16 messidor. J'y joins quelques autres, lûes dans les séances précédentes.

Le discours par lequel je commence, n'est qu'un léger apperçu d'un recueil qui a paru sous les auspices du Gouvernement.

A

Patrie, accepte mon hommage,
Sur ce recueil jette les yeux;
Un autre peut te chanter mieux,
Nul ne peut t'aimer davantage!

MORALITÉS HISTORIQUES

ET

ALLÉGORIQUES,

EN VERS.

SÉANCE DU PREMIER MESSIDOR.

DISCOURS.

DEUX fêtes vont être célébrées dans le cours de ce mois; l'une consacrée à la *Concorde*, et l'autre au 14 *Juillet*, première époque d'une révolution qui se proposa de hâter les progrès et d'assurer l'empire de la raison, et qui fit plus qu'étonner par la hardiesse du projet, par le courage à l'entreprendre, par la force et la rapidité du mouvement que nous donnons à tous les peuples de la terre.

Rendons grace à nos modernes Tyrtées, dont les accens belliqueux enflammèrent nos âmes, et retentirent, de nos foyers dans nos assemblées populaires, au sénat, dans nos fêtes, et dans nos champs de bataille.

On a formé de ces poésies, un monument vraiment digne d'un peuple libre, un *Recueil de chants philosophiques, civiques et moraux, à l'usage des fêtes nationales et décadaires.*

Le goût a présidé au choix des différentes piéces : le talent ne s'y fait pas moins remarquer que le sentiment qui les a produites. Consacrées à la vérité, à la vertu, à la patrie, elles en inspirent l'amour, comme elles ont inspiré le génie enchanteur de nos Amphyons républicains.

Avec quel plaisir on y retrouve ces chants à jamais célèbres dont l'effet, sur toute l'étendue de la France, fut aussi rapide que l'éclair, aussi menaçant que la foudre !

Quelle fut intéressante et glorieuse la lutte naissante de la liberté contre le despotisme, de la raison contre l'hypocrisie, de la vertu contre la corruption !

La France plongée dans un létargique esclavage, à de si fiers accens se réveilla. Soudain la masse imposante du peuple tressaillit et se leva, proclamant sa souveraineté.

Honneur à ces chants immortels dont le pouvoir magique n'a cessé d'enfanter des prodiges, en attachant la justice à nos armes, et la victoire à nos

(5)

drapeaux. Si des vérités fortes et populaires effarou-
chent l'avide égoïsme ; si le luxe orgueilleux semble
les dédaigner ; c'est qu'il faut, pour les aimer, et
du courage et des vertus. Les vertus vivent de sacrifices que ceux-là craignent le plus de faire, à qui
la fortune les permet davantage.

Rarement nos chants civiques ont fait palpiter le
cœur du riche, et de quiconque aspire à l'être. C'est
dans nos camps ; c'est sous le toit modeste du citoyen
probe et laborieux, qu'ils excitent de généreux
transports ; qu'ils alimentent, qu'ils fortifient, qu'ils
enracinent dans les cœurs le sentiment vertueux de
l'impérissable liberté.

C'est par l'invincible attrait de ces chants sacrés,
que les esseins nombreux de nos adolescens courent
se mêler dans les rangs des héros, et qu'ils ont vu
déja rayonner leurs fronts de l'éclat de nos dernières
victoires.

Vous, que la voix de la patrie appelle encore à
sa défense, jeunes guerriers, hâtez vos pas ! pour
peu que vous tardiez, des mains plus diligentes vous
dérobent la moisson de lauriers qui vous appartient.

Et vous, intrépides phalanges républicaines ! vous
dont les cent bouches de la renommée nous annon-

cent, chaque jour, de nouveaux prodiges! ce qui doit, ce qui va mettre le comble à votre gloire, c'est la conquête de la paix. Qu'il sera beau le moment où vous paroîtrez, les lauriers sur la tête et l'olive à la main! Voyez-vous vos vieux frères d'armes, oubliant leurs blessures et leur âge, courir au-devant de vos pas, tendrement vous presser contre leur sein, et le cœur tout palpitant, baigner vos joues des larmes délicieuses de la joie? Qu'ils seront fiers d'applaudir à de dignes rivaux dont le succès couronne une guerre qu'eux-mêmes avoient honorablement commencée!

De retour au sein de vos familles, plus chers encore à vos parens, à vos amis, à vos concitoyens, quel avenir heureux, quels souvenirs enchanteurs vous sont préparés! quelle gloire rejaillit sur vous, sur tout ce qui vous intéresse! C'est en présence des citoyens réunis autour de l'autel de la patrie, dans le respectable appareil de nos fêtes nationales, que de jeunes filles emploient le charme innocent de leurs voix légères pour vous adresser de nouveaux chants patriotiques qui, vous proposant pour modèles à nos neveux, vous rendent les plus touchans, les plus éclatans hommages.

Ainsi la poésie, frivole quand elle ne chante que les vains plaisirs, dangereuse quand elle flatte les tyrans et les vices, est devenue ce qu'elle fut autrefois quand les peuples libres la nommoient le langage des dieux. Nous l'avons vue, par une noble audace, s'élever aussi majestueuse que la raison, aussi fière que la liberté, aussi sublime que la vertu, lorsqu'aux mâles accens de sa voix, en mémoire du 14 Juillet, nos mains plantoient l'arbre de la liberté.

Arbre sacré, premier objet de notre amour et de nos sollicitudes, quels durs et longs travaux ne nous as tu pas fait entreprendre ! quels innombrables ennemis, et publics et secrets, il nous a fallu toujours combattre et toujours vaincre ! Que de sang, que de larmes ont coulé dans l'espérance de voir tes florissans rameaux nous préter un ombrage tranquille et consolant ! plus nos sacrifices ont été grands, plus les mains qui t'ont cultivé s'empresseront à te défendre. Oui, la France Républicaine est devenue ton lieu natal : oui, votre sort est lié l'un à l'autre ; et tant que nos cœurs seront dignes de vous aimer, fussiez-vous encore en butte à la fureur des vents et des tempêtes, vous n'aurez plus à craindre que la chute du ciel et l'écroulement de l'univers.

PREMIÈRE MORALITÉ.

LES DEUX AMANS.

» Patientez, tendres amans ;
» On réussit par la constance :
» Vous éprouvez bien des tourmens,
» Vous en aurez la récompense «.

Ainsi parloit l'Amour à deux enfans charmans,
Modèles de beauté, de grace et d'innocence ;
Ils avoient vu fleurir leur seizième printems,
L'un de l'autre amoureux dès leur première enfance.

Tout à coup d'injustes parens
Employèrent contr'eux les plus durs traitemens ;
(Le plus dur de tous fut l'absence)
Sans pouvoir triompher par l'absence et le tems,
Du plus doux des penchans.
Pour accroître leurs maux, la sourde calomnie,
Par des détours adroits, par des récits menteurs,
De son souffle perfide empoisonna leurs cœurs ;
Et c'est par lui souvent que notre âme est aigrie.

L'injurieux dépit, né de la jalousie,
Qu'exale, en gémissant, l'Amour infortuné,
L'estime le détruit au moment qu'il est né ;
Mais il n'en fit pas moins le tourment de leur vie.
Artifice, faux zèle, intérêt, tyrannie,
    Tout fut mis en œuvre contre eux.
    Ah ! que de larmes ils versèrent !
Que de cruelles nuits ! que de jours douloureux !
    Et dix ans ainsi s'écoulèrent.
    On leur avoit ôté déja jusqu'à l'espoir
      De se revoir,
Quand Amour, par pitié, vint leur dire à l'oreille :
    » Patientez, tendres amans ;
» D'autres qui sont heureux, ont eu pareils tourmens,
    » Vous aurez fortune pareille «.
Il disoit vrai ; la mort de sa tranchante faulx,
    Fit tomber les têtes coupables
    De leurs tyrans impitoyables,
    Et mit un terme à tous leurs maux.

    Le jour que ces amans s'unirent,
    Rendant grace à l'Amour, ils dirent :
» Tu nous fais recueillir le fruit de nos soupirs,
    » Tes promesses ne sont pas vaines :

» Il faut avoir senti nos peines

» Pour imaginer nos plaisirs «.

S'il est vrai que l'amour inspire le courage

De supporter de longs malheurs,

L'amour de la patrie a le même avantage;

Sa voix plus que jamais crie au fond de nos cœurs :

» Français, toi dont le front couronné par la gloire,

» A su, depuis dix ans, lutter contre le sort,

» Bonaparte est ton guide ; encor une victoire;

» Elle te mène au port «.

» Une longue persévérance

» Attache un prix durable aux plus brillans succès.

» Que la Terre étonnée admire ta constance,

» Comme elle admire tes hauts faits.

» De tes maux la source tarie;

» Tu gouteras au sein de la prospérité,

» Tous les biens que promet l'amour de la patrie,

» Aux amans de la liberté «.

SÉANCE DU SEIZE.

Un autre que moi était chargé par la Société, de célébrer la mort du général Desaix, et par le plaisir que ce discours m'a fait, je crois que le public y a gagné.

Que d'hommes vertueux ont été moissonnés dans la plus juste et la plus sanglante des guerres ! il en est un dont les excellentes qualités m'avoient inspiré une vénération qui alloit jusqu'à l'enthousiasme. Quelle douce satisfaction j'ai éprouvée quand le premier Consul a proclamé La Tour d'Auvergne, le premier grenadier des armées de la République !

Lorsque j'ai annoncé à la Société, les victoires de l'armée du Rhin, je n'ai pu me résoudre à parler de La Tour d'Auvergne ; j'avois servi dans la même armée que lui. Jugez si je sentois la perte que nous venions de faire. Je ne puis résister à l'envie de jetter quelques fleurs sur sa tombe ; mais auparavant je rapporterai la lettre qu'il écrivoit la veille de sa mort, au cit. Paulan, octogénaire.

Mon vieil ami., je vous écris sur un tambour, et fort à la hâte.... J'ai joint l'armée à Dillingen, le 5; depuis la journée du 4, nous poursuivions l'ennemi sans relâche ; nous voilà dans le Palatinat, et si nous continuons à être heureux, nous irons *toucher Barre*, à Munich, pour y attendre le résultat des arrangemens qu'on dit avoir lieu bientôt entre les puissances belligérantes, et qui vont nous amener la paix ; le meilleur esprit règne dans cette armée toujours triomphante. J'ai reçu l'accueil le plus flateur.... ma joie est à son comble. Adieu mon vieil ami.... adieu, adieu, mon pupitre est réclamé par un écrivain plus bruyant que moi. Je lui pardonne volontiers le dérangement qu'il me cause si, en battant le pas de charge, il nous mène battre l'ennemi.

Le lendemain, La Tour d'Auvergne fut tué et pleuré de toute l'armée, à laquelle il venoit de donner les plus grands exemples de bravoure. Un grenadier en retournant son corps qui étoit couvert de lauriers et de chêne, disoit : *il faut que son visage soit, comme pendant sa vie, en face de l'ennemi.*

Extrait de l'ordre du général de l'armée du Rhin.

Ausbourg, le 12 messidor, an 8.

Mes camarades, le brave La Tour d'Auvergne a trouvé une mort glorieuse dans le combat livré le 9 messidor, sur les hauteurs de Neubourg.

Le premier grenadier de la République est tombé percé d'un coup de lance au cœur. Ses yeux mourans ont vu fuir l'ennemi, il a expiré satisfait. Les soldats à la tête desquels il combattoit si souvent, lui doivent un témoignage solemnel de regret et d'admiration; en conséquence le général en chef ordonne:

Les tambours des compagnies de grenadiers de toute l'armée seront, pendant trois jours, voilés d'un crêpe noir; le nom de La Tour d'Auvergne sera conservé à la tête du contrôle de la compagnie de la 46.e demi-brigade où il avoit choisi son rang; sa place ne sera pas remplie, et l'effectif de cette compagnie ne sera plus dorénavant que de 82 hommes.

Il sera élevé un monument sur la hauteur en arrière d'Oberhaussen, au lieu même où La Tour d'Auvergne a été tué; les restes du chef de Brigade

Forti, commandant la 46.e, et qui a reçu la mort à ses côtés après avoir fait des prodiges de valeur, y seront aussi déposés.

Ce monument consacré aux vertus et au courage, sera mis sous la sauve-garde des braves de tous les pays ; cet ordre, en honorant La Tour d'Auvergne, honore aussi le général qui l'a donné.

I I.

ÉPITAPHE

DE LA TOUR D'AUVERGNE.

PREMIER des grenadiers par son brillant courage,
Ame grande et modeste, estimable écrivain,
La Tour d'Auvergne étoit franc, généreux, humain,
Il n'est point de vertu qui ne fût son partage.

Tu meurs pour ton pays, est-il un sort plus beau !
Que je te porte envie, ombre immortelle et chère !
C'est au champ de l'honneur que finit ta carrière ;
C'est l'amour des guerriers qui t'élève un tombeau.

III.

AUX MANES

DE LA TOUR D'AUVERGNE.

ENTOURÉ de marais dont la vapeur fétide,
Empoisonnant les airs, obscurcissoit les cieux,
J'entendois d'un ruisseau le murmure timide.
Je m'approche et lui dis : » O doux présent des dieux!
» Que j'aime à reposer ma pensée et mes yeux
» Sur les flots bienfaisans de ton onde lympide «!

Sous un ciel infecté d'abus,
Sage La Tour d'Auvergne, ainsi tu m'apparus.
Dans cet horrible gouffre où la France plongée,
N'offroit de toutes parts que des cœurs corrompus :
Tranquille, tu donnois l'exemple des vertus ;
J'y pensois, et mon âme étoit moins affligée.

En servant ton pays, pensois-tu te cacher,
Trahi par ta valeur et par la renommée?
La gloire qui vint te chercher,
Te trouvant confondu dans les rangs de l'armée,
Ne put jamais t'en arracher.

O combien, fiers de leurs services,
D'autres se sont offerts à l'éclat du grand jour !
Idoles de la foule, et jouets tour à tour,
Ils n'étoient élevés que sur des précipices.
N'osant espérer même, au sein de la faveur,
Cette publique estime et ce repos du cœur
    Dont la vertu fait ses délices.

    Toi, soldat de la liberté,
    Tu n'as combattu que pour elle.
Ta gloire ira sans tache à la postérité,
Pour en être à jamais l'amour et le modèle.

    Le peuple français qui te perd,
Et te rend, par ma voix, des tribus légitimes,
A vu Desaix, Marbot, Championet, Joubert,
De leur civisme pur, honorables victimes :
Puissent tant de vertus, après tant de malheurs,
Servir un peuple libre en vivant dans nos cœurs !

IV

I V.

THÉMISTOCLE
ET LES ATHÉNIENS.

Maringo, Salamine, audacieux succès,
Les noms de vos vainqueurs ne périront jamais.

La liberté, de ses mains triomphantes,
A gravé sur l'airain, monument de nos droits,
Deux époques brillantes :
Deux fois les rois ont cru l'anéantir ; deux fois
Son intrépide audace a terrassé les rois.

Xerxès avoit conçu le projet chimérique
De la bannir de l'univers,
Et sous les étendards de cent tyrans divers,
La populeuse Asie, à sa voix despotique,
S'arme et marche, effrayant et l'Europe et l'Afrique.
Les peuples accouroient au-devant de ses fers,
Et l'or qui corrompt tout servoit sa politique.
Déja des élémens il a su triompher.
En pesant sur l'Europe, il est prêt d'étouffer
Les germes des talens, la flamme du génie,
De ce génie alimenté
Du souffle de la liberté.

B

Dans un coin de la Grèce, une simple cité,
Athènes s'en indigne ; elle attend et défie
L'énorme géant de l'Asie.

Le peuple, sur la place accouroit à grands flots.
Un homme à la tribune, impatient, s'élance :
Cet homme est Thémistocle. Il invite au silence,
Et s'exprime en ces mots.

» Xerxès a fait serment d'exterminer Athène.
» Il commande à la terre ; il enchaîne les mers ;
» Il vient, et contre nous, sur ses pas il entraîne
» La Grèce presqu'entière, et cent peuples divers.
» N'attendons point ici l'effet de sa menace.
» Trop foibles dans nos murs, plus puissans sur les eaux,
» Croyez-moi ; transformons, Argonautes nouveaux,
» Notre ville en désert, nos maisons en vaisseaux.
» Nos bras sont nos remparts. Allons, par notre audace,
» Étonner le barbare et l'attaquer en face «.

Mille cris élancés dans un noble transport,
Exaltent Thémistocle. On vole vers le port ;
Vieillards, femmes, enfans, tout s'émeut, touts'empresse
A partager l'honneur de ces hardis travaux ;
A peine ils sont finis qu'un peuple de héros

Les yeux étincelans d'une guerrière ivresse,
Loin de ses murs transporte Athènes sur les flots;
Cherche, combat Xerxès, et délivre la Grèce.

Que ce projet est fier! pour oser l'enfanter,
Sublime Thémistocle, il falloit ton génie ;
Mais il fallut qu'un peuple adorant sa patrie ,
Se sentît assez grand pour oser t'imiter.

Ce fut à cette époque à jamais mémorable,
Qu'au-dessus de l'Asie élevant ses destins,
L'Europe par degré toujours plus formidable,
Prit du monde étonné le sceptre dans ses mains;
        Qui des Grecs passant aux Romains,
Répandit tant d'éclat par les arts et la guerre,
Que son génie altier plane encor sur la terre.

Mais l'époque aujourd'hui dont les yeux sont frappés,
Dont l'étonnant succès doublement nous honore,
En ramenant à nous les esprits détrompés,
Doit être à l'univers plus favorable encore.
Désormais la raison marche d'un pas certain;
Nous portons le flambeau d'où jaillit sa lumière ;
Flambeau qui lui rendant sa dignité première,
Doit assurer à l'homme un plus heureux destin.

B 2

Pour la belle Ausonie, ah! quel beau jour commence!
Auguste liberté, tu renais donc enfin,
Dans des lieux où jadis éclatoit ta puissance!
Le François de nouveau triomphant du Germain,
Répond de leur indépendance.
Quel garant seroit plus certain!
Affermir ton empire est le prix et la fin
Que se propose sa vaillance;
C'est un pas de géant que fait encore la France
Vers le bonheur du genre humain.

Français, il est un bien qu'attend de toi la terre;
Et par lui tu mettras le comble à tes bienfaits:
Le trône et l'encensoir ont consacré la guerre;
Qu'un peuple souverain leur commande la paix.

V.

LETTRE CIRCULAIRE

ADRESSÉE

A tous les artistes et gens de lettres français,
qui sont républicains.

Cette lettre est datée du quatrième mois de l'an premier
de la République céleste , et signée Apollon ,
président de la Société Olympique.

CITOYENS,

L'EXEMPLE de la France est si contagieux ,
Que, malgré l'étiquette, il a gagné les cieux.
Cent clubs se sont formés ; on y raisonne , on fronde
Tous les divers abus dont notre cour abonde.
Les hommes ont des droits, les Dieux n'en auroient pas ?
Rien n'est aussi choquant. Après bien des débats ,
La raison qui gardoit un modeste silence,
Vient d'être associée à la toute puissance.
Quand Jupiter disoit : » *tel est mon bon plaisir* « ,
Les Dieux étoient forcés de croire et d'obéir ,

Mais aujourd'hui l'Olympe autrement en décide :
On veut à ses décrets que la raison préside.
Nous offrons d'obéir ; mais d'après l'équité ,
Et de le croire en tout..... s'il dit la vérité.

» Quoi donc , s'écrioit-il, moi qui lance la foudre ,
» A toujours être juste , il faudra me résoudre ;
» Je n'aurai de pouvoir que pour faire le bien !
» Quel emploi pour un roi ! le métier n'en vaut rien «.
Ainsi parloit Jupin. Il sembloit intraitable ;
Cependant la raison l'a rendu raisonnable.

Vous savez qu'autrefois , en prose comme en vers ,
Les fripons et les sots encensoient mes travers.
De mes honneurs divins l'abus étoit énorme.
La raison m'a parlé ; j'embrasse la réforme.
Pour jamais je renonce au surnom de *Phœbus*
Que me donnent les sots et les savans en *us,*
J'ai voulu qu'adressant ma lettre circulaire
Au peuple souverain , mon ton fût populaire.
Je déclare la guerre à tous les charlatans
Qui, prônés par les sots, vivent à leurs dépens.

Avec leur gros bon sens, les sots sont pacifiques.
C'est l'erreur qui les rend entêtés, fanatiques.

Le mal ne vient pas d'eux ; aussi j'en ai pitié.

Un orfévre a fondu ma châsse et mon trépié.

J'ai mis en liberté les Muses , les Sybilles ,

Dans mon chaste Sérail si tristement nubiles ;

Puis , par un bon décret , proscrivant comme abus ,

Tous les impôts sacrés aux prêtres dévolus ,

Je coupe la parole à mes faiseurs d'oracles ,

Et renonce au métier de vendre des miracles.

Les miracles sont beaux ; mais il faut qu'ils soient vrais :

Or je ne crois qu'à ceux que nous font les Français.

Le premier fut superbe. On vit des cœurs de flamme

D'un noble enthousiasme électriser votre âme ,

Et du peuple abattu relevant la fierté ,

En dépit des tyrans fonder la liberté.

Des sages inspirés, les prophétiques veilles

Avoient de ce grand jour préparé les merveilles ,

Et c'est par leurs écrits , comme par vos exploits ,

Que la raison commence à vous donner des lois.

Français, de la raison la sage indépendance

Demande un esprit juste , une mâle éloquence ,

Un cœur qui respirant la tendre humanité ,

Sans nuire à l'agrément , cherche la vérité.

B 4

L'homme est égal aux Dieux, quand ses vastes pensées,
Du fond de son cerveau jusqu'au ciel élancées,
Remontant au principe, en recherchant les fins,
Ont pour unique objet le bonheur des humains.
Et les vils apostats de la philosophie,
Dans un siècle où brilla le flambeau du génie,
Pensent jouer un rôle, en vous disant tout haut :
» *Je me fais royaliste, et qui plus est dévot.* «
Malheureux charlatan, ton esprit est malade,
Si tu crois qu'à ta voix la raison rétrograde.

Quand ta main graveroit sur l'affut du canon :
» Tremblez ; voici des rois *la suprême raison* «.
Crois-tu qu'on pourroit tout, en disant » je suis maître.
» Dans un tube d'airain j'enferme le salpêtre.
» Fais-je un signe ? il s'allume, et docile à mes loix,
» La mort frappe le but dont mon œil a fait choix «.

Outre que la raison, pour se mieux faire entendre,
Trouve, enfin, des canons, des bras pour la défendre ;
Il est un art vengeur, un art indépendant,
Qui fixe la parole en la multipliant ;
Et, pour lui préparer des conquêtes nouvelles,
Il semble à la raison avoir prêté des ailes.

Tel obstacle qu'on met encor à ses progrès,
Peut la faire avancer ; mais reculer , jamais.

Ils vivront ces écrits dont les flots de lumière,
De tout homme né probe ont ouvert la paupière.
Ceux que la soif de l'or et la rage ont produits ,
Dans un mépris profond seront ensevelis.
Que jusque dans vos murs la royauté conspire ;
Au camp , la liberté voit fleurir votre empire.

A travers cent périls , plus vos vaillans guerriers ,
Par d'éclatans exploits , se couvrent de lauriers ;
Plus vos serpens lettrés , par un contraste étrange,
A replis tortueux se traînent dans la fange.
Qu'ils y restent. Mais vous , généreux écrivains ,
Vous dont les cœurs sont fiers d'être républicains ,
Des favoris de Mars suivez la noble trace.
Dignes de les chanter , imitez leur audace.

Beaux arts , embrâsez-vous du feu de ces héros.
Hâtez-vous d'égaler leurs immortels travaux.
Ma main brûle d'inscrire au temple de Mémoire :
» Le grand peuple a conquis tous les genres de gloire. «

V I.

LE ROI, LE MÉDECIN
ET LE GRAND INQUISITEUR,

O U

pourquoi les aveugles sont si communs.

EN tous tems, dans tous les climats,
L'homme veut son bien-être avant toute autre chose ;
Mais il tourne le dos au but qu'il se propose.

Eh ! pourquoi ? c'est qu'il n'y voit pas.

Dès que la liberté pour nous commence à luire,
Prompt à mentir aux rois, à corrompre, à séduire,
Sur ses pas l'Anglais traîne, avec un vil métal,
Russe, Turc et Germain, contre un peuple rival.
Né pour la liberté, pourquoi lui veut-il nuire ?
Ce long acharnement qui tend à la détruire,
Comme à l'Europe entière, à lui-même est fatal.

Se conduiroit-il aussi mal,
S'il voyoit clair à se conduire ?

Un bon roi, comme il en est tant ;
(Je veux dire un roi fainéant,

Et qu'on nommait le débonnaire ;)
Ennuyeux comme il n'en est guère ;
Ignorant, ivrogne et gourmand,
Ne faisant le mal seulement,
Que quand on le lui faisoit faire ;
A trente ans devenu goutteux,
Appella près de lui, d'une cour étrangère,
Un médecin des plus fameux.

C'étoit un grand docteur, sans doute,
Venu pour lui fort à propos ;
Car il guérissoit tous les maux,
Si vous en exceptez la goutte.

Or il vit, dès le premier jour,
Qu'à la ville, et même à la cour,
Tous ces gens-là n'y voyoient goutte.

Il observe de près leurs yeux ;
Il apperçoit une membrane
Très-fine et presque diaphane.
Comme un léger nuage entre l'homme et les cieux,
Sur la prunelle elle s'est étendue,
Et tient emprisonnés les rayons de la vue.

Assuré de son fait, il s'écria : » tant mieux !

» Dieu merci, ma fortune est faite;

» J'entreprens le royaume, et je le guérirai :

» Je me couvre de gloire, elle sera complette.

» En mettant à profit les prôneurs que j'aurai,

» Je me fais un parti ; chose très nécessaire.

    » De tout le bien que je ferai,

    » Le bon prince me saura gré :

    » J'ai de l'esprit ; il n'en a guère:

» S'il fait quelque sottise ; eh bien ! j'applaudirai ;

    » S'il en dit , je l'admirerai :

    » Je ne peux manquer de lui plaire.

» Je suis ambitieux ; il est sans caractère :

» Je veux être visir , et je le deviendrai.

» Pour mon premier essai, sans prendre d'honoraire,

» Cherchons parmi les gens au-dessus du vulgaire,

» Un fat , jeune et bavard , favori déclaré

» Du sexe. « En moins de rien il trouve son affaire.

    Le fat qui se sent honoré

    De la faveur qu'on veut lui faire ,

Consent à tout. Le bruit s'en étant répandu,

On accourt, non pour voir, mais du moins pour entendre.

Le docteur , en parlant du succès attendu ,

D'autant plus admiré qu'on peut moins le comprendre,

D'abord prépare un œil au jour qu'il va lui rendre,

Et du doigt en approche un acier bien aigu.

Une voix soudain crie : » arrête ; que fais-tu ?

» Arrête, ou contre toi je lance l'anathême.

» Respecte du très-haut la volonté suprême.

» Sa main, en étendant un voile sur leurs yeux,

» Eut ses raisons sans doute, et fit tout pour le mieux.

> » L'ordre éternel de la nature
>
> » Doit t'en faire admirer l'auteur :
>
> » Sais-tu mieux que le créateur
>
> » Ce qu'il faut à la créature « ?

Cet oracle partoit du grand inquisiteur.

Adieu tous les projets du malheureux docteur.

> Il étoit, comme l'auditoire,
>
> Frappé d'une morne stupeur.

Notre homme toutefois ne perd pas la mémoire ;

Car il fait, sans rien dire, et non pas sans frayeur,

Rentrer dans son étui l'instrument de malheur

Dont il s'étoit flatté d'obtenir tant de gloire ;

Puis, tout tremblant encor, il court se plaindre au roi.

Heureusement le prince étoit gai, sans être ivre.

» Mon cher docteur, dit-il, parlons de bonne foi,

» Si mon peuple est aveugle, eh! que t'importe à toi;

    » Cela l'empêche-t'il de vivre,

» De payer les impôts, d'obéir à ma loi?

» Ne crois pas qu'il soit fait pour y voir comme moi.

    » Qu'il reste dans son ignorance.

    » De son repos dépend le mien.

» J'obtiens d'un peuple aveugle, aveugle obéissance,

» Et tu voulois m'ôter le plus clair de mon bien «.

V I I.

L'AMOUR MATERNEL,

O U

LA PERDRIX ET LA GRIVE.

LA plus sensible des perdrix

Donnoit les soins les plus fidèles

A ses petits,

Vifs et jolis,

En étendant sur eux ses caressantes aîles.

Un léger bruit, le moindre vent,

La feuille du buisson près d'elle soulevée,

Tout l'alarmoit, et cependant

La tendre mère, en se jouant,

Becquetoit le duvet naissant

De son innocente couvée.

Une grive, au léger cerveau,

D'un vol rapide arrive, et lui dit : « chère amie,

» Quitte le pied de ce coteau ;

» L'air est si pur, le ciel si beau :

» Viens avec moi dans la prairie,

» Egayer les langueurs de ta mélancolie «.

LA PERDRIX.

Je ne saurois.

LA GRIVE.

Quoi ! seule tout le jour,
Seule encor tant que la nuit dure.
Tu meurs d'ennui.

LA PERDRIX.

Non ; c'est d'amour...

LA GRIVE.

Pour ta chère progéniture ;
Mais tes perdreaux sont déja grands,
Et tu peux bien, quelques instans,
Les laisser.

LA PERDRIX.

Ah ! tu n'es pas mère !
Hier, un serpent, dans des nids,
Fit sentir sa dent meurtrière,
Et je tremble pour mes petits.

LA GRIVE.

Eh ! que pourroit tout ton courage
Contre l'attaque du serpent ?

Tu

Tu les défendrois vainement ;
Tu n'as pas la force en partage.

LA PERDRIX.

Si je les quittois un moment ,
Je craindrois encor davantage.

LA GRIVE.

Mais puisque tu ne peux les sauver du danger ;
Que veux-tu donc ?

LA PERDRIX.

Le partager.

Belles, quand vous livrez vos cœurs à la tendresse,
Fières de vos amans, heureuses dans leurs bras ,
Vous croyez que l'amour n'a pas
Des plaisirs plus touchans, plus de charme et d'ivresse.
Je ne veux point vous affliger ;
Conservez des erreurs si chères ;
Mais cependant pour mieux juger,
Attendez que vous soyez mères.

VIII.

LA JEUNE MÈRE,

Que l'amour maternel est touchant et sublime !
Dans ses bras caressans, tandis qu'elle allaitoit
Son enfant, une mère attentive écoutoit
        Son époux qui lui racontoit
Comment l'être éternel demanda pour victime
    Un fils unique, innocent, vertueux ;
    » Et de ce sacrifice épouvantable, affreux,
    » Ajouta-t'il, sais-tu qui fut chargé ? le père.
    » Dieu même lui donna cet ordre sanguinaire. «

L'épouse, à ce récit, retournant sur son fils
Ses regards tour à tour stupéfaits, attendris,
Sent des pleurs, à grands flots, inonder sa paupière.
Le cœur glacé d'horreur et de douleur brisé,
Elle répond : » *ah ! Dieu ne l'eût pas proposé*
            » *A la mère* «.

        Vous dont la sensibilité
        Ajoute un charme à la beauté !
        Et console l'humanité

De tous les malheurs de la vie ,

Vous régnez sur nos mœurs et sur nos sentimens.

Voulez-vous que la gloire, à la valeur unie ,

Ramène , avec la paix, nos guerriers triomphans ,

Que la France fleurisse et ne soit plus trahie ;

Le voulez-vous ? portez à la patrie

Le même amour qu'à vos enfans.

I X.

CÉSAR ET LARIDON.

Un ci-devant laquais devenu fournisseur ,

Après un bon dîné faisant lever la nappe ,

Disoit d'un ton de protecteur ,

A deux soldats à jeun qui demandoient l'étape :

» Sur mon honneur ,

» Nous avons bien du mal , messieurs les militaires ;

» Mais nous viendrons à bout je crois de nos affaires :

» Qu'en pensez-vous « ? l'un d'eux lui répondit : monsieur,

» Dans le renversement étrange

» Qui plaça la cave au grenier ,

» César se fit chasseur , Laridon cuisinier ;

» Or , voici comme entr'eux le service s'arrange ».

César attrape le gibier ,

Et c'est Laridon qui le mange.

X.

COURTE ESQUISE

d'une longue dénonciation à faire.

Dans cette prose en vers, ou dans ces vers en prose,
Du modeste bon sens je viens plaider la cause.
Je dénonce aux Tribuns, au Préfet de Paris,
Une société libre de beaux esprits,
Qui seule avoit le droit d'être française en France,
Et qui vient d'annoncer sa royale existence.

Tout privilège est mort ; le sien a résisté,
Si j'en crois sa devise » *à l'immortalité* «.
Qu'importe que l'État, par un décret suprême,
Ait dit, » tu n'es plus rien « ; elle se croit la même.
Couvrant de ses rayons chaque membre émigré,
Tout le corps se dit pur, craignant d'être épuré.
Prétend-il ressembler à ce pédant bizarre
Qui pour enseigne a pris, *collége de Navarre*,
Offrant d'inoculer dans des cerveaux perclus,
De vieux contes d'enfans auxquels on ne croit plus ?
Veut-il se conserver l'honneur de reconnoître
Pour protecteur un roi, pour fondateur un prêtre,
Afin de régaler de son encens banal,
Un monarque despote, un tyran cardinal ?

N'entrevoyez-vous pas l'empreinte du génie,
Éternel président de cette académie,
Qui livra le Parnasse à quarante tyrans !
Ce tribunal du goût, encanaillé de grands,
Pour intriguer en cour, se les rendoit propices.
Il toisoit le mérite au gré de ses caprices ;
Rejettoit un Molière, accueilloit Chapelain,
Et près du grand Corneille, osoit placer Cotin.

Sublime et cher Rousseau, proscrit comme hérétique,
Tu vis qu'on préféroit, par goût, par politique,
Au mérite modeste, un faquin en faveur,
Robin, ministre, évêque ou valet grand seigneur !

Or, il peut arriver que l'adroit royaliste
Réussisse à glisser des amis sur la liste,
Et vous entendrez dire à ces messieurs admis :
» *Nul n'aura* le fauteuil, *hors nous et nos amis* «.

Comme ils vont dénigrer l'écrivain qui se pique
D'être républicain dans une République !
Qu'ils sauront à propos se hausser, se baisser !
Comme ils excelleront dans l'art d'influencer !

Honnêtes Citoyens, pardon si j'en plaisante,
La chose, quant au fond, n'est pas indifférente.

Je pense qu'en usant de ce petit moyen,
On troubleroit l'État, sans aboutir à rien.

Contre le patriote armer le royaliste,
C'est un projet bien fou, c'est un plaisir bien triste.
Toutes fois, si ce corps, jadis, eut de l'éclat,
Il ne peut qu'être utile ou nuisible à l'État.
Je crois donc qu'un décret fit bien de le détruire;
Mais sur une autre base il faut le reconstruire.
Sans doute aux grands talens on doit de grands égards,
Et l'État a besoin d'encourager les arts.
Il le peut, si sa main garde un juste équilibre;
Le vrai siége des arts est chez un peuple libre.

X I.

HERCULE AU BERCEAU.

HERCULE à peine vient de naître,
Que par un prodige inoui,
Il fait déja sentir ce qu'un jour il doit être.

Deux serpens, l'œil en feu, se traînoient jusqu'à lui.
Tendre enfant, tu dormois! Ta mère palpitante,
Frappoit vainement l'air de ses cris douloureux.
L'un et l'autre serpent, à replis tortueux,
S'élève, siffle et te présente
Le dard empoisonné de sa langue brûlante.

Les étouffer en t'éveillant,
Ne fut qu'un jeu de ton enfance;
La liberté naissante en France,
Dans la Bastille en fit autant,
Et même plus; elle eut à combattre deux races,
Et plus vivaces,
Et plus voraces:
L'une a pour nom, serpent royal,
L'autre, serpent sacerdotal.

XII.

L'OURS ET LE DROMADAIRE.

Au fond d'un antique château,
A Mittau,
Un gros, gras et lourd dromadaire,
Poussif, passif, craintif et lent,
Va dandinant,
Se balançant,
Se pavanant,
Quand sa basse-cour dindonnière
Fait le serment
De l'installer très-haut et très-puissant Sultan.
Avez-vous vu l'ours, son confrère,
Sur ses deux poutres de derrière,
Se redressant,
Décoré de sa muselière,
Comme l'autre de son ruban ?
L'ours va dansant
Et tournoyant,
Avec sa grace naturelle,
Au son du bel instrument
Que cornemuse on appelle.
L'un n'est que la copie, et l'autre est le modèle.

» Ours mon voisin,

» Que pensez-vous, disoit-il un matin,

» De mon grand projet ? Je veux être

» Oint du seigneur, et souverain

» Du beau pays qui m'a vu naître,

» Le pays des coursiers, peuple fier et mutin «.

L'ours a le caractère assez républicain ;

C'est en cela que je l'estime.

» Ces gens, lui répond-il, ont le cœur magnanime.

» Vous comptez leur donner des lois !

» Les gouverner n'est pas petite affaire ;

» Or, pour juger de votre savoir faire,

» Avez-vous des vertus, des talens «?

LE DROMADAIRE.

J'ai des droits,

Droits que je tiens de la nature.

L'OURS.

La nature a fait l'homme et n'a pas fait les rois.

Notre cas est pareil, et toute créature

Est libre par instinct. Qu'allez-vous nous chercher ?

Avez-vous des vertus, parlez !

LE DROMADAIRE.

Ma modestie

Prit toujours soin de les cacher,

Pour ne pas exciter l'envie.

L'OURS.

J'entends. Mais les coursiers sont gens si belliqueux,
Qu'ils courent au combat comme on court à la nôce.
Étes-vous aussi brave qu'eux ?

LE DROMADAIRE.

Nature m'a doué d'une vertu précoce,
C'est la prudence, et j'en ai grand besoin;
A mes futurs sujets ma vie est nécessaire.
Chacun fait son métier; on se bat pour me plaire;
Mon rôle est de ne voir les combats que de loin.

L'OURS.

Donc, modeste et prudent, voilà ce que vous êtes.

LE DROMADAIRE.

A propos, j'oubliois que j'étois généreux
Quand mon aîné payoit mes dettes;
Aussi, j'ai des amis, et je compte sur eux.
De ma commère la baleine,
Le fils étend au nord son immense domaine,
Et tous deux m'ont promis, bien promis leur appui.
Je suis plus que cousin de l'aigle à double tête,
Qui, chez les loups marins, fait noblement la quête
Pour moi, dit-il, aussi bien que pour lui.
Le sultan loup marin, et de la forêt noire
Les hospodars ours, loups et sangliers
Combattent pour avoir la gloire

(43)

De me soumettre les coursiers ;

Et pour récompenser cet œuvre méritoire,

Je partage avec eux mon futur territoire,

Ainsi, me voilà roi.

L'OURS.

Tenez mon cher voisin,

Et mon très-honoré confrère,

Je ne le vois que trop, chacun a sa chimère ;

De votre grand projet je crains pour vous la fin.

Vos prétendus amis, qui font tant de bravades,

Ont reçu, des coursiers, de terribles ruades.

Tout bien compté, tout rabattu,

Cette royauté là ne vaut pas un fétu ;

Et puis il ne faut pas, c'est le dire ordinaire,

Vendre la peau de l'ours qu'on ne l'ait mis par terre.

Note sur la moralité suivante.

Montesquieu dit : ce fut un assez beau spectacle dans le siècle passé, de voir les efforts des Anglais pour établir parmi eux la démocratie. Comme ceux qui avoient part aux affaires n'avoient point de vertu, que leur ambition étoit irritée par le succès de celui qui avoit le plus osé ; que l'esprit d'une faction n'étoit réprimé que par l'esprit d'une autre, le gouvernement changeoit sans cesse. Le peuple étonné, cherchoit la démocratie et ne la trouvoit nulle part. Enfin, après bien des mouvemens, de chocs et de secousses, il fallut se reposer dans le gouvernement même qu'on avoit proscrit.

X I I I.

L A   G A G E U R E.

LES rois sont un fardeau trop pesant sur la terre,
» Débarrassons nous-en, dit un jour l'Angleterre « ;
  Et voilà le peuple insurgé.
  Après qu'on l'eut bien fustigé ;
  Gagna-t'il au moins la gageure ?
  Le fait est qu'il a réussi
  Comme un Anne Montmorenci
  Dont je vais conter l'aventure.

Au milieu d'un essaim de têtes à l'évent,
Notre fat, toujours prompt à se mettre en avant
Pour tirer vanité de ses étourderies,
Dans un hyver très-froid, étoit précisément
       Devant
  Le grand bassin des Tuileries.

  » Veut-on parier cent louis,
  » Dit-il, qu'en dépit de la glace,
» Qui déja du bassin encroûte la surface,
» Je le traverse à pied dans l'état où je suis « ?
Un plaisant lui répond : » c'est moi qui les parie «.
Et chacun d'applaudir. On rit, on les défie.

Les contestans piqués, mettent au jeu tous deux.

Un tiers est nanti des enjeux;

Et tout bouillant d'impatience,

Déja notre étourdi dans le bassin s'élance.

Un froid vif et mortel le pénètre à l'instant :

Il y résiste et fait deux pas en grelottant,

Puis se repose, et puis veut avancer. La glace

Crie et se rompt, et l'embarrasse.

Dès qu'il lève un pied d'un côté,

Se balançant comme un homme ivre,

Il le ramène à lui, tristement arrêté

Par l'autre pied qui ne peut suivre.

Trop tard alors le repentir lui vient;

Mais comment retourner? la honte le retient.

Gelé, pâle, défait, il tremble, il perd haleine :

S'il étoit sûr au moins que pour sortir de peine,

Il ne perdra que son argent;

Il se consoleroit peut-être, en enrageant;

Mais, quoi! déja des ris prolongés le poursuivent,

Et cent fâcheux brocards à son oreille arrivent.

Lors, de dépit, faisant un grand effort,

Luttant contre les flots et la glace et le sort,

Par une marche compassée,

Notre homme va tomber juste sur le tuyau
Du jet d'eau ;
Le saisit d'une main glacée,
S'arrête et réfléchit. On rioit aux éclats,
Disant : » restera-t'il ? ne restera-t'il pas « ?
Dans sa perplexité, le pauvre misérable,
Ne sachant vers quel bord il tournera ses pas,
Ressembloit assez bien à l'âne de la fable
Qui se laissa mourir de faim,
Faute de faire un choix. Il fut pourtant plus fin :
Pressé par le froid qu'il endure,
Et honteux de garder un si juste milieu,
Devinez ce qu'il fit ? Jurant, reniant Dieu,
Il revint sur ses pas et perdit la gageure.

Vous qui voguez à la merci
De l'ouragan révolutionnaire,
Gardez-vous de reprendre aussi
Rois, nobles et clergé, comme a fait l'Angleterre ;
Car pour atteindre au but, un pas vous reste à faire,
Et si vous imitiez Anne Montmorenci,
Vous seriez plus ânes que lui.

X I V.

LE PHÉNIX ET L'AIGLE.

Assez d'autres, sans moi, d'une voix éloquente,

Célèbrent les exploits de nos vaillans guerriers.

Liberté ! c'est au peuple, à sa masse puissante,

Que tu dois ta naissance et tes premiers lauriers.

Surveillant intrépide, au sein de ses foyers,

C'est lui qui fait ta force, et c'est lui que je chante.

Les traîtres qui, dix ans, ont déchiré son sein ;

Les fourbes aux aguets pour égarer son zèle,

Les travaux, les périls, l'indigence et la faim,

Le peuple a tout bravé, sans plaindre son destin.

    Savez-vous quel fut son modèle ?

    L'oiseau brillant, fils du soleil,

Le phénix s'occupoit de son heure dernière ;

Quand de l'astre des jours saluant le réveil,

    Il invoquoit sa naissante lumière,

    Et sur le sommet d'un rocher,

D'aromates, de fleurs, composoit un bûcher.

Le soleil y fait naître une foible étincelle,

    Que d'un léger battement d'aile,

L'oiseau reconnoissant se plaît à ranimer.

Le messager du dieu qui lance le tonnerre,

L'aigle approche et lui dit : » ami, que veux-tu faire !

LE PHÉNIX.

J'allume le bûcher qui va me consumer.

L'AIGLE.

Conçois-tu les tourmens d'une mort si cruelle ?

LE PHÉNIX.

Je m'offre en holocauste ; elle en sera plus belle.

L'AIGLE.

Le sacrifice est grand.

LE PHÉNIX.

Il ne m'a rien coûté.

A peine j'aurai cessé d'être ,
Qu'un phénix bien plus beau, de ma cendre va naître.
Ma mort est un bienfait pour ma postérité.
Sur le bûcher ardent, comme il parloit encore,
Il montoit, et la flâmme à l'instant le dévore.
Touché de ses vertus, le ciel combla ses vœux.
On m'a dit que du pied de ce roc soursilleux,
Des bergers crurent voir un léger méthéore,
Tandis que s'élevoit d'un vol majestueux
Le phénix renaissant plus brillant que l'aurore.

Peuple, tu t'immolas par générosité ,
Ton dévouement sublime a rajeuni la France,
Et tes neveux plus grands naissent sous l'influence
De l'astre de la liberté.

LE

X V.

LE LIERRE ET LE BUCHERON.

L A patrie a voulu, comme une tendre mère,
 Que par des soins compatissans,
 On inspirât à ses enfans
Le désir de s'unir sous un joug salutaire.
Mandataires du peuple, agens et magistrats,
Faits pour les rapprocher, ne les repoussez-pas.
 Ne fusse que par politique,
 Vous devez vous faire estimer.
 Si vous aimez la République,
 Apprenez à la faire aimer.

Que dis-je ; parmi vous, il en est dont la gloire
Doit, un jour, embellir les fastes de l'histoire,
Et servir de modèle à vingt peuples rivaux.
 L'avenir, de louange avare,
 Verra dans de hardis travaux,
Des talens, des vertus, dignes de nos héros,
Un courage aussi grand et peut-être plus rare.
Tandis qu'un bucheron de fureur transporté,
A coups précipités faisoit tomber sa hache
 Sur l'arbre de la liberté.

D

Le lierre lui disoit avec tranquillité,

    Frappe… je meurs où je m'attache.

Tel, plus d'un magistrat à son poste placé,

Par la mort la plus belle a couronné sa vie.

Ainsi, comme le lierre à l'orme entrelacé,

Le cœur du citoyen s'unit à la patrie.

X V I.

LA PRINCESSE ET LE RÉPUBLICAIN.

Dans ses grands airs de dignité,

    Une princesse de Cutendre

Disoit, en ricanant : » faites moi donc comprendre

» Ce qu'un républicain appelle liberté.

» Mon très-cher citoyen, soit dit sans vous déplaire,

    » Je crois que c'est une chimère «.

» Madame, répondis-je, il est des sentimens

    » Qu'il faut éprouver pour y croire.

» Le lâche ne croit point à l'amour de la gloire.

» Vous vivez à la cour, où des êtres rampans,

» Toujours prompts à flatter, à tromper votre altesse,

» Croupissent dans les fers, le luxe et la molesse.

» La liberté n'est rien pour de semblables gens ;

» Qui n'a vu que des nains, ne croit pas aux géans «.

XVII.

SAPHO ET LA ROSE.

Dans des bosquets délicieux ,
Consacrés à l'amour heureux ,
Un jour , du beau Phaon voluptueuse amante ,
Le cœur encor ému de l'ivresse des sens ,
Sapho montrant du doigt une Rose brillante
Au plus adoré des amans ,
Se sentit inspirée , et d'une voix touchante ,
Lui fit entendre ces accens :

Phaon seul en beauté peut égaler la Rose ,
Reine des filles du printems !
Du souffle de Vénus à peine elle est éclose ;
C'est l'œil des prés fleuris ; c'est l'amour de nos champs.

Rose ! sur ton bouton repose le sourire ,
Et l'incarnat de la pudeur ,
Et la grace de la candeur ,
Dont le prestige nous attire.

Ton sein épanoui parfume le zéphire.

Un charme s'insinue au fond de notre cœur :

Il y répand une douce langueur ;

C'est la volupté qu'on respire (1).

La Rose lui répond : » pourquoi me flattez-vous!

» Le souverain des cieux, équitable envers nous,

» Vous comble, plus que moi, de ses faveurs divines.

» Mon éclat dure peu ; les vents en sont jaloux.

» Naître, vivre et mourir au milieu des épines,

» Voilà le sort brillant que vous croyez si doux.

» Dans l'ombre de la nuit s'ensevelit ma gloire,

» Et les vers de Sapho vivront dans la mémoire. «

A des dehors éblouissans

On a tort de porter envie.

Rien ne peut honorer la vie

Que les vertus et les talens.

-----

(1) Sapho avoit chanté la Rose. Ce que je lui fais dire est une imitation du petit fragment qui nous reste).